AF358963

LES VOEUX

DE

L'EUROPE

ET DE LA FRANCE

POUR

LA SANTE' DU ROY.

POEME HEROIQUE

SUR

SA PETITE VEROLE.

A PARIS,

Chez la Veuve d'Antoine-Urbain Coustelier,
Imprimeur-Libraire, Quai des Augustins.

M. DCC. XXIX.

AVEC APPROBATION ET PERMISSION.

Y. 5476

Ye

35633

A LA REINE.

ADAME,

Le Maître de la Destinée des Rois, Celui par qui seul ils Regnent, signale de jour en jour, une Providence singuliere sur le Prince qu'il a tiré des Trésors de sa Sagesse pour nous Gouverner, & avec qui les liens les plus sacrés vous Unissent pour la félicité des Peuples dont vous faites l'un & l'autre, les Délices & l'Admiration.

Cette même Puissance qui sçait tirer le Bien du Mal, semble n'avoir permis que ce Monarque fût attaqué de cette Maladie dont le Ciel dispense peu de mortels, & qui Moissonne les Souverains comme les Sujets, que pour Calmer dans la suite, nos Allarmes sur sa Santé, d'où dépend tout le bonheur du Royaume.

Aussi ce pieux Prince n'a-t-il voulu Rapporter qu'au Seul Bras qui l'a mis & le soutient sur le Thrône, l'heureuse Délivrance des dangers de cette etrange Révolution qui se fait dans le Corps humain par cet Epurement de nôtre Sang, & qui forme dans nous une espéce de Renouvellement de la nature.

Cet Evenement de sa vie si interessant pour toute l'Europe, dont il s'empresse d'assurer le Repos, cette terrible & laborieuse Epreuve par où passent les Maîtres du monde ainsi que le reste des humains, & qui dépeuplant les Familles, éteint de si grands Noms & prive de Posterité tant de races entieres, ne sera pas une des moins Mémorables Epoques de son Régne par l'effroi, l'inquietude, & la Sensibilité, qu'à l'envi des François, tous les autres Peuples Voisins ont témoignés pour les jours de ce jeune & vertueux Heros, Jours dont ils Sentent tout le Prix.

Vous avez, M A D A M E, *prodigué les Vôtres par vos Assiduités, & par vôtre Application à le secourir ; & toute la Cour qui Admiroit en Vous les Vertus d'une Grande Reine, n'a pas été moins touchée d'y reconnoître toutes les Qualités de la Femme Forte.*

Vos vives & continuelles attentions pour un si digne objet de vôtre Amour & du nôtre, ont marqué avec éclat, jusqu'où peut aller celui des grandes Ames assorties par les Cieux l'une pour l'autre ! Aussi le fonds de vos Cœurs par une Tendresse mutuelle ne nous laisse que le seul doute, si VOTRE MAJESTE' sçait plus lui Plaire, que le Cherir ?

Quel seroit mon Bonheur, M A D A M E, *si mes Forces égaloient mon Zéle à pouvoir décrire l'Excellence de vôtre Naturel, & Célebrer tant de Dons que le Ciel a mis en Vous, en même tems que j'éssaye à dépeindre l'ardeur des Vœux de l'*E U R O P E *& de la* F R A N C E *pour la Conservation d'un Prince Né pour faire par sa Sagesse, la Gloire de son Tems & de sa Nation, & pour servir de Modéle aux siécles à venir.*

Mais, quelque Empressement que j'aye de vous faire ma Cour, & quelque Titre que la Joie universelle de sa Convalescence puisse me donner, pour rendre Publics mes Hommages à V O T R E

MAJESTÉ en mêlant ma foible Voix aux Acclamations de toute la terre fur un fi grand bienfait du Ciel, je n'aurois jamais ofé prendre la liberté de produire au jour fous les aufpices de vôtre Augufte Nom, ce Témoignage de mon refpectueux & ancien Attachement à la Perfonne du Roi, fi la Part finguliere que vous prenés à tout ce qui regarde le Rétabliffement de cette Santé qui nous tient fi à Cœur, & qu'on peut appeller l'heureux fruit de vos Vœux & de vos Soins, ne me flatoit de l'Efpoir que *VOTRE MAJESTÉ* voudra bien avoir la bonté d'Agréer ce nouvel Effai de mon zéle. Je ne ferois pas entierement indigne de cette Grace, fi on pouvoit la mériter par les Sentimens de la plus profonde Veneration & du plus parfait Dévouëment, avec lefquels j'ai l'honneur d'être à jamais,

MADAME,

DE VOTRE MAJESTÉ,

Permis d'imprimer,
HERAULT.

Le très-humble, le très-obéiffant & le très-fidéle fujet & ferviteur MARTINEAU DE SOLLEINE,

LES VŒUX

DE

L'EUROPE

ET DE LA FRANCE

POUR

LA SANTE' DU ROY.

POEME HEROIQUE

SUR

SA PETITE VEROLE.

C'est l'Europe qui parle.

Ur son Thrône, LOUIS au gré de mes Souhaits,

Raffermissoit l'Espoir d'une Éternelle Paix;

Et faisoit dans mon Sein, Taire le bruit des Armes;

Quand un Cry s'éleva suivi de mille Allarmes.

A ij

POEME

Quel noir Chagrin ſaiſit plus d'une Nation,
Et répand en cent lieux, la Conſternation?
LA SEYNE, L'ERIDAN, ET LE TYBRE, ET LE TAGE
Font de Clameurs au Ciel retentir leur Rivage.
Les Soupirs, les Soucis volent de toutes parts;
Mon Repos, mon Bonheur Courent quelques hazards?
A l'envi, les Echos rempliſſent l'Air de Plaintes:
LE FRANÇOIS ſur ſon Front fait Lire mille Craintes.

Quelque Vent déchainé ſur le Peuple, & les Rois,
D'une mortelle Ardeur les Frappant à la fois,
N'a-t-il point Renverſé quelques Auguſtes Têtes,
Ou, coulant dans leur Veine, excité des Tempêtes?

Quel Nuage ſur moi marque un Ciel irrité,
Et porte un ſecret trouble à ma Tranquilité?
Quel cher Objet des Vœux, & de l'Amour du Monde,
Cauſe dans tous les Cœurs cette Douleur profonde?

Un venin Populaire, interne Exhalaiſon
Dont s'embraze le Sang; Fléau de la Saiſon,
Ecüeil de la Beauté; prompt Tyran de la Vie,

HEROIQUE.

Germe aux humains Fatal, dont nul ne se Défie ;

Domestique Ennemi, Naturel Assassin,

Qui Tuë en se Cachant, & qu'on Porte en son Sein ;

Contre qui, de Frayeur, la Tendresse des Meres

Arme en vain leurs Enfans de divers * Philactêres ;

Homicide Levain, perfide Nourrisson,

Qui, jusques sous la Pourpre, étend sa Trahison.

Ferment inextinguible, Effroi de la Nature,

Qui, s'il n'étouffe l'Homme, au moins le Défigure ;

Droit fatal du Berceau, Tribut Contagieux,

Que tout Sexe est sujet à Payer, Jeune, ou Vieux.

Ce Prote'e intestin, qui dans le Sang se Glisse,

Et sous la Peau se Masque avec tant d'Artifice ;

Qui, par un Jeu crüel, tantôt s'éteint, Renaît,

Sort, & Rentre à l'instant, Poignarde & Disparoît.

Ce Feu Séditieux, qui sans Clarté s'Allûme,

Et qui brulant le Corps, sans Bucher, le Consume ;

Traitre Eléve du Sang qui l'a même Enfanté ;

Triste fruit d'une Ardente & Longue Aridité ;

Aveugle & sourd Aspic, qui fait par ses Caprices,

* *Sorte de colliers & de bracelets d'écarlatte.*

D'un de ſes Attentats, Porter cent Cicatrices :
Coups, dont la Guériſon coûte tant de Douleurs ;
Et ne s'achéte encor qu'au Prix d'autres Malheurs.

   Ce Serpent plus Affreux que ceux de TYSYPHÔNE,
Auroit-il de la FRANCE Atteint juſques au Trhône ?
Auroit-il Attenté ſur les Jours de LOUIS,
Et, ſans reſpect, Verſant ſon Poiſon ſur les Lys,
Terni ce Front Auguſte, Honneur de la Couronne ?
Qu'elle perdroit du Prix qu'un Tel Chef lui Redonne !

   Je ne le Sens que trop à ce Public Effroi !
Je Tremble pour les Jours d'un ſi Vertueux Roi.
Son Heroïſme Annonce un Tiſſu de Merveilles,
A Raſſurer la Paix, il Conſacre ſes Veilles ;
La parfaite Harmonie entre tous ſes Voiſins,
Fait jour & nuit l'Objet de ſes plus grands Deſſeins :

   Et durant leur Progrès, Parque Aveugle, tu ſouffres
Contre un Prince ſi Cher Sortir des plus noirs Gouffres,
Un Monſtre, dont l'Haleine eſt la Terreur des Cours,
Dont en vain, par la Fuite, on croit Sauver ſes Jours ;
Et, qui Court, infectant l'Element qu'on Reſpire,

Faire de son seul Souffle, un Desert d'un Empire ;
Atômes Meurtriers, qu'on Voit moins qu'on ne Sent,
Qui Portent le Trépas sur les Aîles du Vent ;
Que le Dieu d'Epidaure, à travers les Ténêbres,
Souvent ne Reconnoît qu'à des Signes Funêbres ?

Dans quel Saisissement tu jettes les Esprits !
De si précieux Jours, Appren quel est le Prix !
Voi sur le Thrône, Assise avec lui la Sagesse,
Que dans son Ame, il fait Regner dès sa Jeunesse,
L'honneur, la Probité, la Bonté, la Douceur,
Disputent à l'envî, l'Empire de son Cœur.

L'Amour de l'Equité qu'il reçût en Partage,
Et, l'Amour de la Paix, font son double Apanage ;
En conservant LOUIS, Ciel, tu peux si tu veux,
Par la Santé d'un Seul, faire un Monde d'Heureux ;
L'Espoir de mon Repos sur son grand Cœur, se Fonde.
Et me ravirois-tu les Délices du Monde,
LOUIS, qui n'en veut faire à jamais la Terreur,
Qu'en Combattant l'Esprit de Discorde, & d'Erreur ?

Arrête Parque, arrête ; & Contien la Megére ;

Dont la Flamme enveloppe une Tête si Chere.

Parle, Aveugle sçais-tu par ce noir Attentat;

Dans quel Trouble, en mon Sein, tu mets plus d'un

Etat?

Dans le Palais des Grands, comme sous la Chaumiere,

L'allarme en tous les Cœurs se fait Sentir Entiere.

Cent Peuples dans leurs yeux, où Regne un morne

Ennui,

Se Montrent de son Mal, plus inquiets que Lui.

Vouloir sitôt Trancher le beau Fil de sa Vie,

De mon plus grand Bonheur c'est te rendre Ennemie.

Quoi! ces Graces qu'on voit le Suivre du berceau,

Ne font pas de tes Mains Tomber ce fier Ciseau?

A son Auguste Aspect tu ne rends pas les Armes?

Quel Cœur sçauroit tenir contre de si grands

Charmes?

Sa Majesté s'Annonce à qui ne le Connoît;

Et sa seule Démarche apprend Tout ce qu'il est.

De ses grands Sentimens son Cœur ne peut se Taire;

Sans qu'il Parle, ses yeux Disent ce qu'il peut Faire.

Cent Climats à la fois t'Adressent mille Vœux,

Ciel

Ciel! Change en jours Sereins, des jours fi Tenébreux!

Mais, Parque, Toi, qui vois dans tes Demeures
    fombres,
Ce qui peut fe paffer parmi les Grandes Ombres,
D'où part ce nouveau Coup, Source de tant de Pleurs?
    LOUIS fçait-il Regner déja fur tous les Cœurs?
Les Manes des Heros au-delà du Cocyte,
Ne s'Allarment-ils point de fon naiffant Mérite?

    N'eft-ce point qu'excités au bruit de fes Progrès,
Tremblant de voir un jour Effacer leurs Succès,
Ils te l'auroient dépeint affez Couvert de Gloire,
Pour déja le Placer au Temple de Mémoire?
    Et que par fon grand Cœur, dont ils feroient Jaloux,
Tu crois, comme Eux, s'il vit, qu'il les paffera Tous;
Qu'une ame unie au Sang de fi brillans Ancêtres,
Bientôt dans l'art de Vaincre Atteint les plus grands
    Maîtres?

Manes, fi de fon Nom vous êtes Envieux,
Et Pâles de l'Eclat qu'il lui donne en tous Lieux,

Vous ne vous Trompés pas dans votre Crainte extrême,
De voir son Bisayeul Revivre dans Lui-même.

   Ainsi qu'au Front, au Port, au Cœur tout à la fois,
Il se fera connoître à d'aussi grands Exploits,
Si la Justice un jour lui met en main les Armes.

   Mais, dans son Cœur, la Paix a pour Moi trop de
     Charmes,
Et la Victoire en vain flatteroit ses Désirs ;
Du calme de l'Europe il fait tous ses Plaisirs.
Son heureux Naturel à tous les yeux s'Explique,
Chacun lit sur son Front, FELICITE' PUBLIQUE.

   Sur terre, il croit qu'un Roi n'est l'image des Dieux,
Qu'autant qu'un Roi se plaît à faire des Heureux,
Qu'autant que de son Cœur il sçait se rendre Maître,
Qu'il Regne sur lui-même, & cherche à se Connoître,
Qu'il Dompte de l'Orgueil les mouvemens secrets,
Qu'il met Les Passions au Rang de ses Sujets,
Qu'il n'aime que le Vrai, déteste l'Artifice,
Qu'il sçait faire Embrasser la Paix & la Justice,
Qu'il combat sur le Thrône, où le Destin l'a mis,
Les Vices qu'il tient Tous pour ses vrais Ennemis,

Et de la Volupté dédaignant les Amorces,

Qu'il Trouve en sa Vertu d'inépuisables Forces.

Qui de LOUIS LE GRAND marche ainsi sur les Pas,

S'assure assez de vivre au-delà du Trépas.

Son Digne Rejetton Rend à son Diadême

L'éclat de tous ses Traits, au même Rang suprême,

Vers la solide Gloire, il tourne tout son Cœur;

Et son Ame à mes yeux marque autant de Grandeur,

Sa Bonne foi, son Zele ont de chaque Puissance,

Sçû déja s'attirer la pleine Confiance,

Pour faire un jour éclôre au sein de ses Etats,

L'heureux accord des Droits de tant de Potentats,

MAIS, sans Force, & sans Voix, en ces momens, la FRANCE

Qu'un excès de Douleur tenoit dans le Silence,

De son Accablement passe dans un Transport,

Où sa Tendresse éclate en Plaintes sur son Sort.

Du danger de LOUIS, on l'entend Eperduë,

S'écrier : Ha ! c'est moi, que cette Flamme tuë

Siniſtre Ardeur qui ſors du Centre des Enfers ;
T'éleves , & portant leur Foyer dans les Airs ,
Répands un noir Poiſon qui court de Veine en Veine,
Et Peuple les Tombeaux ſur les bords de la Seine,
Vapeur dont l'aſpect ſeul eſt l'Effroi des Amours ,
Viens-tu Frapper mon Roi , pour abréger mes jours?

   Miniſtre de la Mort , intraittable Couleuvre,
Veux-tu de la Nature enleverr un Chef-d'œuvre ?
La grandeur de ſon Ame éclate dans ſes Traits ,
Où de la Vertu même on ſent tous les Attraits.

   Que de Dons il raſſemble ! & juſqu'où ſa Preſence,
Dans l'Empire des Cœurs n'étend pas ſa Puiſſance?
Encor plus que ſon Rang , cent hautes Qualités
Tiennent déja ſur Lui tous les yeux arrêtés.

   D'un Coup ſi Foudroyant plus d'un Climat s'éffraye;
Mais je me ſens bleſſée au Cœur par cette Playe.
Déja mes Habitans Muets , Evanoüis ,
Se trouvent Etrangers dans leur propre Pays.
   Ils portent ſon Péril dépeint ſur leur viſage,
Les Sanglots ne ſont plus que leur Commun Langage,

Et Percés de Douleur ils semblent aujourd'hui,
Cent fois plus d'un tel Coup, la Victime, que Lui.
Comment de sa Santé porteroient-ils la Perte ?
La Porte de son Cœur leur fut toûjours Ouverte.
Ils dormoient en repos à l'abri de ses Soins ;
Et, plus qu'Eux, il entroit dans leurs moindres Besoins.
Hé ! tu viens de tes Feux, par un secret Déluge,
Troubler un Sein qui s'ouvre à la Paix, pour Refuge,
Putride Embrazement, dont le rapide Cours
Du Prince, & du Berger, détruit bientôt les jours !
De Désastres affreux avant coureur funeste,
Sourd Torrent dont on sauve à peine quelque Reste,
Veux-tu par tant de Traits de ta Mortelle Ardeur,
Eprouver de Nouveau mon Amour, & son Cœur?
Vois aux Pleurs de sa Cour, au Cry de la Province,
Le tendre Attachement du Peuple pour son Prince.
D'Amour, & de Douleur, dans ces divers Combats,
Vois LOUIS plaint de tous ; lui seul ne se plaint pas.
Dans le sein de la PAIX, s'il coûte tant d'Allarmes,
Combien m'en feroit-il Craindre un jour, dans les
    Armes,

Si de son seul Courage il écoutoit la Voix !

Mais de l'Equité seule il ne suit que les Loix.

Son Cœur prît à jamais l'intégrité pour Guide.

Elle seule à ma Gloire, en ses Conseils, Préside.

Moins jaloux d'être Roi, que Pere des Sujets,

Il ne forme pour Eux, que les plus doux Projets;

Plus d'un Dessein des Cieux sur Lui se Dévelope,

Dans cet heureux Concert des Princes de l'EUROPE,*

A chercher le Secret de laisser à jamais,

Au gré de tous, Ouvert le Temple de la PAIX;

Il trouva déja l'Art de faire par avance,

Parmi les Souverains Regner l'intelligence.

Dans la Carriere enfin, que je le vois fournir,

Il Commence par où le Heros peut Finir.

Et dans ce noble Cours, inexorable PARQUE,

Tu Conspires encor contre un si cher Monarque,

Quand mon Soulagement, † & mon parfait Repos

Alloient éterniser ses Glorieux Travaux !

Ne te vanges-tu point aujourd'hui sur ses Graces

Du dédain, que son Cœur marqua de tes Menaces

*Le Congrés de Soissons. †Remboursement des Rentes de l'Hôtel de Ville.

Aux jours, * où fans pàlir, il touchoit au Tombeau,

Jours, où tu déployois à fes yeux, ton Cifeau,

Mais où dans cette Attaque, Admirant fa grande Ame,

Tu Refpectas Dès-lors une fi Noble Trame?

Tu m'Allarmes toujours par un nouveau Danger.

Ne te Lafferas-tu jamais de m'affliger?

Ne te fuffit-il pas d'avoir dès fon Enfance,

Emporté les Heros dont il tient la Naiffance? †

Crüelle, coup fur coup, tu fis fubir tes Loix,

A Cinq des Rejettons du plus grand de mes Rois.

Par quel Dépit fans ceffe Attaques-tu fa Race,

Dans LOUIS, à més yeux qui déja le Retrace?

Crois-tu l'affujettir tout entier fous ta Loi?

Non, non, fa Renommée eft audeffus de Toi.

De plus en plus, il Grave en mon Cœur, fa Mémoire,

A jamais il vivra malgré Toi, dans l'Hiftoire.

Sur quel Fil de beaux jours, viens-tu porter ta Main?

Ton Fer pour le Trancher, pafferoit par mon Sein.

Dans fa maladie en Août 1721.

† *Feu Monfeigneur le premier Dauphin, & feu M. le Duc de Bourgogne.*

'A quelle Epreuve, ô Ciel ! mettez-vous ma tendreſſe !

M'enviez-vous déja ces Tréſors de Sageſſe,

Dont ſon Cœur m'enrichiſt ? non, Tous mes plus grands Biens

Ne valent pas ce Don, que de Vous ſeul je Tiens.

MAIS, l'Amour, & l'Eſtime à peine ſur leurs Aîles,

Du Peril de ſes jours, portent loin les nouvelles ;

Qu'à la fois, de Douleur, Cent autres Nations

Fulminent dans les airs mille imprécations,

Contre un Feu ſi fatal, dont l'approche Envenime,

Dont en tout rang, tout Age eſt égale Victime.

Ces Peuples pleins d'Effroi, font d'échos en échos,

Retentir pour LOUIS, leur Tendreſſe en ces mots.

Du ſang qui ſe ſouleve, incendiaire Lie,

Qui, pour s'épurer, Çoûte ou les traits, ou la vie ;

Hydre à têtes ſans nombre, Occulte Spadaſſin,

Dont le Nóm aux Beautés ſonne un triſte Tocſin,

D'un Ciel intemperé, ſoit Siniſtre inflüence,

Soit

Soit, du Mœandre humain, fougueuse Effervescence,
Dissipe ton Ardeur, & Cesse d'insulter,
Un Roi, qu'à nos Besoins, nous sentons se Prêter;
Et qui d'un Regne Heureux, pour éclatant Prélude,
Du Regne de la Paix, fait toute son Etude.

Principe en Nous de Mort, fatal Suc d'Aliment;
D'une Séve Perverse ardent Débordement,
Du Sang que tu Combats, Ecume Pestilente;
Qui fait de l'Univers la Crainte, & l'Epouvante;
Dans les veines de l'homme, Orage passager,
Mais, où toujours la Parque accourt nous Assieger,
Sourd Corrupteur du Sang, Brazier qui nous dévore,
Source de mille Maux que tes Feux font Eclore;

Spectre si Familier, qu'on trouve en tous chemins;
Et qui jamais ne fais Grace entiere aux Humains,
Qui, par l'horrible Sort qu'aux plus beaux teints tu donnes
Dans ta Malignité, Surpasses les Gorgonnes;
Va, Fui loin de LOUIS; laisse-nous respirer;
Contre nos doux Loisirs, que viens-tu Conspirer?
Notre Repos s'attache au beau Cours de sa Vie.
A ses Augustes Traits, portes-tu donc Envie,

C

Monſtre que l'ACHERON vomit dans ſa fureur,
Dont les cents yeux Fumants ne portent que l'horreur?

Sans t'attendre en ſon Sang, qu'une docte Contrée,*
S'empreſſe à t'Engendrer, en t'y donnant Entrée;
L'Eſpoir de s'affranchir du ſort de tes Progrès,
Dans ſes Veines la porte à t'introduire Exprès.

Qu'elle Adopte le goût de telle Découverte;
L'Epreuve en eſt trop chere à qui court à ſa Perte.
A te Produire en Nous, par la Transfuſion,
Laiſſons-lui tout le Fruit de ton INSERTION,
CURE, qui Communique un Fléau qu'on abhorre,
Preſent le plus fatal de ceux faits à PANDORE.

Tu Menaces dans Nous, en vain de t'embuſquer,
Qui dans ce Doute, iroit Tranſmettre, ou Provoquer
Dans nos Corps, ton Poiſon Fecond en jeux Tragiques,
Contre qui nos Jardins manquent de Spécifiques?

Recherche qui voudra, pour ſe rendre plus Sain,

* L'inoculation de la petite Verole n'eſt point generalement approuvée par
tous les Médecins de cette Nation ſi habile dans la Connoiſſance du ſang, dont elle a
la premiere, trouvé la Circulation; la plus grande partie des plus célebres Médecins de
ce Pays, comme Meſſieurs Freind, Wag-Staffe & autres ont vivement combattu
cette operation à laquelle le peuple a paru d'abord ſe porter avec empreſſement, quoi-
que les Theologiens de ce Royaume ſe ſoient élevés contre cette pratique : M. Hec-
guet un des plus fameux Médecins de Paris a fait imprimer deux Ouvrages où il
Traitte à fond cette matiere, & où il Démontre combien cet uſage eſt dangereux.

Pour te Füir, le Secret de t'Admettre en son Sein ;

De frayeur, qui t'Appelle en Soi, dès son Enfance,

Veut-il Tenter la Mort, Périr par Prévoyance ?

Qui la Brave est-il seur de son impunité ?

Et qui Connoît le Point de ta Maturité ?

La Nature à ses Loix, ses Saisons sur la terre.

Et quand dans nôtre Sein tu formes cette Guerre,

Elle en sçait Triompher par ton Eruption,

Boüillant Limon du Styx, dònt l'inondation

Met, dès que tu parois, Parens, Amis en fuitte ;

Et traine cent Malheurs, pour surcroît, à ta Suitte.

Retourne en Circassie †, audelà de ces Mers,

D'où l'Art d'inoculer t'accrût dans l'Univers,

Mecanisme Odieux, & dont on se Fascine,

Malgré tant d'Accidens dont il est l'Origine.

Qu'on l'érige en Ressource en vantant ses Succés.

† *Mr. Douglas sçavant Médecin de Boston dans la nouvelle Angletere, dit* *
que malgré les prétendus succès de l'inoculation apportée avec éclat du fond de la
Circassie, il s'y est élevé un Cri public ; les Médecins assemblés à ce sujet, se sont
tous déclarés contre Elle, & les Magistrats en ont défendu l'usage. * V. ide la
2. lettre de Mr. Douglas dans les mémoires litteraires de la grande Bre-
tagne tome XI. p. 221. l'inoculation peu de mois après fut décreditée par un Bill
passé dans Chambre Basse qui en supprimoit la pratique, sous de rigoureuses peines.
V. la 3; dans le mème endroit p. 223. V. aussi M. Wagstatte. V. raisons
de Doute contre l'inocul. p. 436. chez Cavelier, ruë S. Jacques à Paris
1724, Et Lettre en forme de Dissertation pour servir de réponse. 1725 chez le mème

Chaque jour démentis par de mortels Essais;

Changes-tu de Nature aux Climats où nous sommes,

Pour rendre tonPoisonmoinsFormidable aux hommes?

Doit-on Forçant peut être un trop heureux Destin,

Se faire un Peril seur, d'un Peril incertain?

Pourquoi Créer dans Nous cette Horrible Soüillure,

Qu'au sein de trop d'Humains Contracte la Nature?

Nous ne Portons enNous,que trop d'affreuxDangers,

Faut-il pour nous Détruire, en Chercher d'étrangers?

Est-ce en Tous les Mortels, que ton venin S'enfante?

Combien en Reste-t-il, que le Ciel en Exempte!

Par ce Systême affreux *, si tout Homme Entrainé,

Se Croit, sans tel Secours, a tes Feux Condamné;

Si chacun veut Risquer, à te Chercher d'avance,

Tu vas bientôt du Monde Hâter la Décadence.

Loin de Nous Garentir de ton fatal Retour,

'A tant de Peuple encor Cet Art Coûte le Jour,

* *Messieurs de Berlin en font sentir les dangers,& confirment l'incertitude de l'In-Oculation en plusieurs endroits de leurs actes.* † Cur hesitavimus inoculationem Variolarum Artificialem non citius adhibere in locis nostris ? nunc nimis serò tentabitur, vestigia enim terrent.

† Act. Berolin. V. 3. p. 30. 1725.

Merito Gallia publicè prohibuit hujus Experimenti Tentatio e cùmsint Fallaces, Incertæ, & pro Circumstanciarum Ratione Funestæ, ibidem.

Ou Met à trop haut Prix Sa Trifte Experience ;

Par cent infirmités , Fruits dont il Recompenfe.

Témoins de tant de Maux que ce Leurre a commis ;

Ses Herauts deviendront fes plus grands Ennemis.

Pour ton Préfervatif pouvons-nous Reconnoître

L'Art qui te Multiplie , & dans Nous te fait Naitre ;

Rébellion du fang , qui conduis au Tombeau ,

Qui marques tous tes Coups , fur Nous , d'un affreux

    Sceau ?

Le Venin , les Fureurs des plus noires Viperes

Laiffent moins fur nos Fronts , de triftes Caracteres.

Tu ne peux dans les Airs , affés tôt Tranfpirer ;

Pour L O U I S , tous nos Cœurs volent te Conjurer.

Rebut du Sang Humain , fubtil Poifon qui formes

Sur les Traits des Mortels , des Coutures Enormes ;

    Tourbillon Redouté plus que les Ouragans ,

Qui t'ouvres dans nos chairs, cent bouches de Volcans, *

Infernal Emiffaire , & que nul Art n'apaife ,

Qui dans l'Artere , allume une ardente Fournaife ,

EUMENIDE , qu'on fent les Flambeaux à la main ,

*Montagnes fumantes qui jettent du fouffre & quelquefois des flammes.

Parcourir les replis de tout le Corps humain;
Va plûtôt, Fondre ailleurs, fur des Têtes Coupables,
Et par ton fourd Brazier, vanger des Miferables.

De Punir les Humains, fi le Ciel eſt jaloux,
Sur d'heureux Criminels, tourne tout ton Courroux,
'Acide Meurtrier du fang dont tu t'Empares ;
Sur leur Peau, fai Pleuvoir une Grêle de Tares.
Et plus ils Triomphoient de leurs Excès honteux,
Plus, Fai Rougir leur Front par tes plus fanglans Feux.

D'Exécrables Forfaits t'attendent pour Salaire,
'Au Golphe Receleur de ce Peuple Corfaire, *
Qui d'un brigand Trafic, fans Foi dans fes Traittés,
Sur Toutes Nations, vit de fes Cruautés ;
Pyrates, qui n'ont rien d'humain que la Figure,
Que leurs Mœurs ont rendu l'Horreur de la Nature ;
De ces Monſtres Coureurs fur l'humide Element,
Cours Accoître à l'envi, le juſte Chatiment.
Allume dans leur Sein, ta Flamme Clandeſtine,
C'eſt fervir l'Univers, que Hâter leur Ruine.

Aterre de l'Enfer tous ces Furtifs Supôts,
Sénat Déprédateur de l'Empire des Flots.

* Tripoli en Barbarie.

Ces Tyrans Fugitifs ont bravé le Tonnerre. *

Vas en purger la Mer, & Délivrer la Terre.

Porte là ton Foyer, Fai ton plus Ardent Four

Dans ce Corps de Démons, dans ce sang de Vautour;

 Vole, Afluë à la fois, sur les SARDANAPALES,

Leur joüe est un Theatre à tes Scenes Fatales.

S'il Reste des Mortels assés Ambitieux

Pour tenter de Rouler leur Char avec les Dieux;

Contre tel SALMONE'E, en décochant tes Fléches;

Sur leur Front sans pudeur, va, fai d'horribles Bréches,

Dans les os d'un SYSYPHE, ou de quelque IXION;

Fai couler tes Torrens de Putréfaction.

 Sur les Cœurs de Sangsuë, Allumés vôtre Foudre,

Grands Dieux, & réduisés plutôt tels Chefs en poudre;

Pour Corriger leur sang, que l'Ardeur au déhors,

N'en sorte, qu'en formant mille Egouts sur leurs Corps;

 Par ce Glaive enflammé, la Terreur d'Esculape,

Et dont sans Risque affreux, aucun Mortel n'échape;

Frappés les vains TITANS : Couvrés de ce Venin

Ces Colosses d'orgueil, Fléaux du genre humain.

* *Ces Forbans furent bombordés ci-devant par M. le Maréchal d'Estrées en 1684. sous M. le Maréchal son pere, & ils l'ont été de nouveau en 1728.*

Mais, épargnés Grands Dieux, ces Ames Héroïques,

Qui Font de leurs Etats, les Fortunes publiques ;

Ces Rois dignes de l'être, & dont l'Autorité

Ne se marque jamais qu'à des Traits d'Equité,

Et qui ne sont jaloux de leurs Augustes Places,

Que, par le seul Pouvoir d'y Verser plus de Graces

 Sauvés avec L O U I S, les Cœurs comme le Sien,

Qui regrettent le Jour, s'ils n'ont pas fait du Bien.

Dissippés les Frayeurs de l'allarme où nous sommes;

LOUIS met son Plaisir dans le Bonheur des hommes:

Ou, Cessés de Donner des Princes si Cheris

S'ils nous doivent Grands Dieux, être sitôt repris !

 Il Entraine avec Lui, les Cœurs de la Patrie ;

Si nous pouvions Deffendre une si chere Vie,

On nous verroit Livrés au plus tendre Transport,

Aller jusqu'à sa Cour, Lutter contre la Mort.

UNE Troupe ici bas, d'Origine Céleste,

Vient mêler ses Clameurs sur ce Feu qu'on Déteste,

Les Vertus, Fremissant au danger de L O U I S,

        D'Effroi

D'Effroi de leur Déclin, percent le Ciel de Cris;

Ne pouvant de Douleur, ni Parler, ni se Taire,

Chacune Reclamant son Heros Tutelaire,

Déplore leur doux Regne, & se Plaint en ces Mots;

Qu'entre-couppe un torrent de Pleurs & de Sanglots.

Si l'Honneur des Vertus, sur la terre, te touche,

O Ciel! écoûte les t'invoquer par leur Bouche.

Elles volent en foule, implorer ton Secours,

Pour un Roi, dont le Cœur accroît si loin leur Cours!

Nobles Filles du Ciel, Toutes tant que Nous sommes,

Qui, Faisons tout le Prix du Mérite des Hommes;

De Frayeur, pour ses jours, Nous Recourons à Toi;

La Magnanimité, l'Honneur, la bonne Foi,

La Moderation, l'Equité, la Prudence,

Le Zéle, la Valeur, la Bonté, la Clémence;

Au bruit de son Peril, viennent fondre en Regrets,

Il y va de ta Gloire, & de nos interêts.

A l'envî, Nous faisons son plus riche Cortêge.

Il Nous porte en son Cœur; par tout il Nous Protêge.

Conserve à nos besoins, un Prince si Cheri,

Qui déja par tes Dons, paroît ton Favori.

D

Son Amour pour son Peuple, Assure des Prodiges.

De Bienfaits en tous Lieux, il marque ses Vestiges.

A la fleur de ses Ans, des Lauriers la Saison,

Il ne veut que par Nous, se faire un plus grand Nom.

A l'amour de la PAIX, son Cœur se Sacrifie.

Notre Risque est Commun, Rends-nous en Lui, la Vie.

C'est Travailler pour Nous, & pour ton plus grand Bien.

Que Sauver notre Eleve, & notre Heureux Soutien.

C'est Nous, qui des Heros & Meres & Nourrices,

Sçavons dans leur grand Cœur, Graver l'horreur des

　　　　Vices;

Mais, par de Sages Mains, LOUIS que nous Formions,

Avec le Lait, Suça nos inclinations.

Epris d'amour pour Nous, dès son Enfance même,

De nôtre éclat, Jaloux d'Orner son Diadême,

Par degrés dans son Ame, il Nous sçût Etablir,

Avec Lui, sur son Thrône, il Nous le fait Remplir.

Bien qu'en Soi, la Vertu Porte sa Recompense,

Qui, de Nous échappoit à sa Munificence?

Les Dignités venoient Nous Chercher de sa Cour;

Où, ses Mœurs Nous mettoient dans notre plus beau

　　　　Jour.

Mœurs, qui d'un Eloquent, mais Tacite Langage,
Proscrivent la Licence, & le Libertinage.

Le Calomniateur Fuyoit à son Aspect,
Qui tient la Médisance, & l'Envie en Respect.

L'Ambition envain, Brigue les hautes Places;
Seules Nous Partageons sa Faveur, & ses Graces.
Il ne Goûtoit que Nous, instruit, que Nous étions
Et l'Ame, & l'Eguillon des Grandes Actions.

LOUIS ne Respiroit par tout, que la Justice:
Ses Trésors n'avoient point d'autre Dispensatrice.
Il sçait qu'elle Affermût & le Sceptre & les Rois,
Qu'elle Eleve un Empire, où l'on Juge à son Poids;
Et qu'un Monarque en vain Usurpe un Nom Auguste,
Si dans tous ses Exploits, il ne se montre Juste.
Par mille Heureux Progrès, on Nous voyoit Fleurir;
Verrons-Nous nôtre Espoir en Lui, sitôt Périr?

La Pieté le fait Admirer dans les Temples.
Qui perdroit plus que Nous, en perdant ses Exemples?
Nous aurions Triomphé sans cesse, avec la Paix,
Et notre Séjour Fixe eût été son Palais.

Sous les Lambris dorés, ainsi que sous le Chaume,

On verroit les Vertus Peupler tout ſon Royaume:
  Contre la Flatterie, autre Poiſon des Cours,
Son Cœur toujours en garde, en Füit tous les Détours,
Qu'un ſi précieux Regne, au Notre, eſt Néceſſaire!
Nous trouvions ſur ſes Pas, encor mieux l'Art de Plaire.
Et par Tout ce qu'il Fait, & par Tout ce qu'il Dit,
LOUIS de plus en plus, Nous mettoit en Crédit.
Pour Conquerir les Cœurs ſans beſoin d'autres Armes,
Il ne ſçait ſe Servir que de nos propres Charmes;
Et que ſa Modeſtie, & ſa Noble Candeur,
A chacune de Nous, ajoûte de Splendeur!
Il Nous donne en Spectacle en toute ſa Conduite;
  Où, de Vertus ſans Faſte, en œuvre on voit l'Elite.
  Son Egalité d'Ame à tous Evénemens,
O Ciel! éclate encor dans ces triſtes Momens;
Où, tu veux Eprouver ſon Eſprit toujours Calme,
Et ſi la Patience a pour Lui, quelque Palme?
  Oüi, l'inteſtin Brazier qui Circule en ſon Corps
Menace en vain ſes Jours, pour ſortir au déhors:
D'un Cœur auſſi Conſtant que celui de SCEVOLE,
A peine, la Douleur Lui Coûte une Parole.

Voi par fa Fermeté, ce Fléau Combattu ;

Rendre en Lui, plus illuftre encor cette Vertu.

Des Heros ne fçavoient qu'un Genre de Victoire:

Pour Lui, plus d'un Triomphe affurera fa Gloire.

LOUIS montre aux humains qu'en tous Divers

    Travaux,

Le Vainqueur de Soi-même, eft le Seul Vrai Heros:

  Mais tantôt, l'humble Trouppe, au danger du Mo-

    narque,

Ajoute en s'adreffant à fon tour, à la Parque ;

  C'eft Nous, qui pour Compagne, avons fçû Lui

    Donner

Celle, en qui le Ciel veut Toutes Nous Couronner;

Nous fommes les Auteurs de l'Heureufe Alliance

Qu'il a faite de Nous, au Thrône de la FRANCE,

Où, Chacune en fon Rang, Brille tant à la fois,

Par le Sacré Lien d'un fi Précieux Choix !

  Et dans ce Couple Heureux, l'Efperance Publique;

PARQUE, viens-tu Ravir plus d'une Ame Héroïque?

Son Augufte Moitié Nous fait Voir nuit & jour,

Dans fes Secours Ardens, le plus Parfait Amour.

Qui, lorſqu'en ſecret Seule, aux Pleurs, Elle ſe Livre,
Brûle de le Sauver, ou demande à le Suivre.

Par ces Soins, où l'Amour la ſçût ſeul Engager,
Veux-tu mettre à la fois, deux Grands Cœurs en
      Danger ?
Et Rompant les doux Nœuds d'une Union ſi belle,
Des plus Tendres Epoux, Enlever le Modêle ?

Le Feu de plus en plus, a beau ſe Déclarer :
Son Ame ne voit rien qui pûſt les Séparer.
En vain d'un même Sort, ſon Zéle la Menace ;
Plus le Peril eſt Grand, plus Grande eſt ſon Audace
D'un vif Empreſſement, Elle veut Partager
Le Deſtin du Heros qu'elle court Soulager ;
Et ſes Veilles font Voir qu'aux dépens de ſa Vie,
Il n'eſt pour le Guerir, Feux qu'Elle ne Défie.

Si l'Attrait des Vertus, les Charmes du Sçavoir
Si les Graces avoient ſur Toi, quelque Pouvoir,
MARIE auroit bientôt, ſur toi, Victoire Entiere
Tu te ſerois déja Renduë à ſa Priere.

Si ton Fer Epargnoit les Princes les plus Doux
LOUIS ſeroit encore à l'abri de tes Coups.

Mais, d'un œil qui confond les Rangs & les personnes,
Tu Foules sous tes pieds, Houlettes, & Couronnes;
Quand l'instant est venu de Quitter ton Fuseau,
Rien ne peut Arréter ton noir Coup de Ciseau.

A votre juste Effroi, Genereuse Princesse,
Toute l'Europe ensemble, avec Nous s'interesse;
Consolés Vous, le Ciel Ecoutera vos Vœux.
S'il veut faire ici bas, Mille Peuples Heureux.

De vôtre Amour pour Nous, quel Gage pour Pré-
mices ?
Chaque jour, Nôtre Gloire Accroist sous vos Auspices;
Partout, avec LOUIS, vous Mettés vôtre Honneur
A Nous faire Regner, ainsi qu'en vôtre Cœur.

Des plus Hautes Vertus, sur ce digne Assemblage,
La Troupe alloit en Dire encore Davantage.

MAIS, au Cours des Frayeurs de ces Filles des
Cieux,
La Paix toute Tremblante, au Ciel Levant les yeux;
S'écrie en soupirant, Compagnes Désolées,

POEME

Que le même Affaut rend avec Moi, fi Troublées;
Tout mon Sein fe déchire à ce Revers Fatal,
Du Déclin de mon Régne, infortuné Signal.

Dans quel Danger, LOUIS avec Lui, m'enveloppe!
Tandis qu'il Cimentoit le Repos de l'EUROPE,
Et qu'en Conciliant tant de Princes divers,
Il Retenoit l'Envie, & la Difcorde aux Fers;
Au Cours de mon Bonheur, quel Défaftre Funefte,
Traverfe mon Triomphe, & ce Deffein Célefte?

Vous fçavés quel Péril avec L O U I S, je Cours;
Dieux!mes plus grands Progrés s'attachoient à fes jours
Avois-je déja pris en Lui tant d'Affurance,
Pour voir Evanoüir ma plus douce Efperance?
Le Ciel à mes Befoins, ne veut-il le Prêter,
Que, pour fitôt Le faire à jamais, Regretter?

Quand de vôtre Courroux, part un Coup fi terrible,
Il me Frappe à l'endroit qui m'eft le plus Senfible;
Il m'Attaque en un Cœur, où je Fais mon Séjour;
Que mon Regne Craindroit, fi LOUIS perd le jour!
L O U I S, qui fait Goûter encor plus mes Délices;
Sous qui, je Profperois par fes Soins fi propices,
LOUIS

LOUIS, dont les Désirs avec mes Vœux d'accord,

N'aspiroient qu'à me faire en tous lieux, un Doux Sort.

LOUIS..... Mais, la Frayeur du Danger qui me touche,

Arrête en Prononçant, son cher Nom dans ma bouche;

Je me sens Défaillir à ce Bruit, Cheres Sœurs,

Je Croi déja voir MARS, & toutes ses Horreurs;

Déplorez avec Moi, ma triste Destinée,

Il tenoit ma Fortune à son Regne, Enchainée:

A mes Gémissemens, laissés-vous Emouvoir?

Ciel ! de tant de Climats Raviriez vous l'Espoir?

Rendés-Moi mon Suport, sans qui toujours je Tremble

Vous rendrés avec Lui, tous les Bonheurs Ensemble:

Les CHARLES, les HENRYS * Verroient au même Rang,

Renaître tout l'éclat des Heros de leur Sang.

Ouvre aujourd'hui, les yeux, O Parque impitoyable:

Ecarte de LOUIS, ta Ministre Effroyable,

Cette noire Vapeur, Phare des sombres Bords,

Qui n'annonce aux Vivans, que le Séjour des Morts,

Et se Joüe en Sortant, par de Crüelles Ruses,

A Changer les Beautés, en Têtes de MEDUSES.

[* *Charlemagne.* * *Henry-le-Grand.*

E

Sur les Hôtes des Bois, en Lançant mille Dards,
Il Prélude à courir pour Moi, mille Hazards ;
Aux Combats, pour l'apui des Droits de la Justice,
LOUIS Chercheroit là, plus d'une Cicatrice;

Et Toi, Furie Aveugle, implacable ALECTON,
Qui, fais dans les Mortels Couler le PHLEGETON ;
Tu me Fais pour Lui, Naitre autant d'Inquiétudes,
Que s'il me Deffendoit, dans les Chocs les plus rudes
Mais, plus que ses Trésors, ses Qualités l'ont Mis
Dans un Degré de Gloire, à Manquer d'Ennemis.

Des Graces, & des Jours, Tyrannique Rivale,
Dont le Mortel Poison dans les Airs, ne s'Exhâle,
Qu'après avoir Creûsé sur les Fronts les plus beaux,
Cent Fosses à l'Amour, aux Graces, cent Tombeaux ;
Disparois, & Rougi, noir Supôt du TENARE,
D'Exercer sur LOUIS ton Empire barbare,

Plus tu tires de Traits contre ce Souverain,
Plus, il sçait te Braver, jusqu'en son propre Sein.
Rentre aux Gouffres affreux, dont ta Flamme est Sortie,
Et n'Attente jamais sur son Auguste Vie ;
Elle est trop Chere au Peuple, aux Vertus, à la PAIX;

Qu'il Vive, il Remplira bientôt tous leurs Souhaits.
Etein ton sourd Brazier, & Cesse de Poursuivre
Un Prince à qui j'aurois trop de Peine à Survivre:
Si tu veux m'Enlever, PARQUE, un si ferme Apui,
Un tel Coup Portera sur Moi, plus que sur Lui.
Tes Droits sont sur ses Jours, & non pas sur sa Gloire;
Son Nom Triomphera de ta Nuit la plus Noire;
Au Printemps de son Age, où l'on Court aux Lauriers,
Pour Moi seule, il Contient son Cœur, & ses Guerriers.
Si les Clameurs pouvoient te rendre un jour Fléxibles,
A mes Vœux aujourd'hui, tu Paroîtrois Sensible;
De tant d'Etats Divers és tu Sourde aux Sanglots,
Qui Montent jusqu'au Cieux, Réclamer ce Heros.

LE Ciel émû de Cris, n'en Veut pas d'avantage,
Il Cherit de Vertus un si Digne Assemblage,
Répond la Parque. Enfin vos Soupirs sont Oüis;
Ils ont Touché les Dieux, pour les Jours de LOUIS,
Des Célestes Décrets Confidente Secrette,
PEUPLES, à vôtre gré, j'en serai l'interpréte.

E iij

Le Cours doit s'Arrêter de ce Fluïde Feu.
Mais, de mes Sentimens, Ecoutés un Aveu.

Je Goûtois de vos Cœurs l'éclatant Témoignage,
Je Respectois Moi-même, & son Régne, & son Age.
Mais, je Céde à ses Traits Augustes & si Doux !
A tant de Majesté, je Perds tout mon Courroux !
Je me Sens Désarmée à sa Noble Figure,
Merveille, que se plût à Former la Nature.

Au nombre des Vertus, plus qu'au nombre des Jours,
Si des Héros sur terre, on Mesure le Cours ;
Avant l'Age déja, ses Belles Destinées
Auroient Rempli le Temps des plus Longues Années.
LOUIS, qui pour sa Gloire, auroit assés Vécût,
Pour la Vôtre, trop tôt, me Payeroit Tribut.
A la Voix de l'Honneur, jamais rien ne l'Arrête.
Tout Parle de son Nom. Je vis la Gloire prête
A venir dans son Char, l'Enlever pour les Cieux,
A son Esprit si Meur, je le Crûs déja Vieux.
Déja de sa Prudence à mille Traits Illustres,
Je lui Comptois Quatorze, au lieu de Quatre Lustres.

J'ai toujours des humains été sourde à la Voix;
Mais, tant de Vœux ardens s'élévent à la fois;
Des Nations en foule, à l'envi de la FRANCE,
Frappent le Ciel de Cris, pour sa Convalescence;
De l'Aurore au Couchant, du Midi jusqu'au Nord,
Tant de Cœurs Allarmés, prennent-part à son Sort,
Que, le Ciel ne veut point Détruire son Ouvrage,
Et m'Ordonne des Dieux, de Conserver l'image.

Il Voit dans la Douleur cent Peuples abbatus;
Il sçait Combien j'aurois Enlevé de Vertus !
Il Veut de mille Biens Favoriser le Monde,
En Réservant un Roi, sur qui la Paix se Fonde.
Aux Peuples il le Doit pour leur Félicité;
Pour Eux, il Connoit trop le Prix de sa Santé.

Sa Probité, Sa Foi, son Zéle, sa Droiture,
D'un Regne Florissant si Précieux Augure,
L'Amour de la Justice, un Naturel Pieux,
Interessoient ensemble, & la Terre, & les Cieux.

Ils ont vû Fondre en Pleurs, l'illustre Souveraine,
Dont à l'envi, l'EUROPE a partagé la Peine;
Ils Connoissent les Biens que Vous Fait Présager

Ce Couple Augufte en Proye au même affreux danger.
Ils Sçavent ce que doit en Attendre la FRANCE;
Aurois-je Moiffonné déja tant d'Efperance?

   Qu'il vive; le Ciel Rend à vos ardens Souhaits,
Et l'Apui des Vertus, & l'Efpoir de la PAIX.
Ceffons de m'Acharner fur cette Augufte Race.
Oui, de LOÜIS-LE-GRAND, puifqu'il Court fur la Trace,
Qu'il a de fon Ayeul Herité la Bonré,
Que, fon Pere en fon Cœur, Tranfmit fa Pieté;
A mon tour, j'Applaudis à l'Ordre favorable,
Que des Cieux Attendoit l'Effroi qui vous Accable.

   TOI donc qu'on voit fans ceffe Attentive à ma Voix,
Dont, l'Ardeur fe Signale en mille affreux Exploits,
De mes cruels Decrets fecrette Executrice,
Et de Meurtres fréquens ma Fidelle Complice;
   Eumenide Empreffée à Servir mon Courroux,
Qui, fur les plus beaux traits, fcais graver tous tes Coups
Tromper la Garde au Louvre, & Forcer fa Barriere,
Quand tu veux fur les Grands, t'aller Donner Carriere,
Mets Fin au Cours des Traits, dont tu l'as Attaqué.

Sur les Jours de LOUIS, le Ciel s'est Expliqué;

Il Garde ce Heros au Bonheur de la Terre.

Il doit rester Vainqueur sur Toi dans cette Guerre,

Messagere Mortelle, en ses Veînes Etein,

De ton Embrasement le Progrès Clandestin.

Dissipe dans les airs, au loin, ton Feu Sinistre;

Mais, écoute en Partant, Diligente Ministre,

Dans ton Essor, ne cause aucun affreux Débris;

Sur un Front, qui Releve autant l'Eclat des Lys!

Jalouse des Beautés jamais tu ne te Lasses,

Sur Elles, d'imprimer de Hideuses Disgraces,

Mais, Contien ta Rigueur, & ne Va pas plus Loin;

Contre l'Auguste Chef, dont le Ciel a pris Soin.

Sur ses Traits, qu'il ne Reste aucun de tes Vestiges;

Un tel Front n'est point fait pour tes Sanglans Prestiges:

Front, où la Douceur Siége avec la Majesté,

Où, Brillent tant de Traits de la Divinité!

Epargne ces beaux yeux dont l'Ardeur vive inspire

L'Amour, & le Respect; & dont le Doux Empire

Se fait d'un seul Regard, Sentir au fond des Cœurs.

Garde-Toi de Flétrir de tes moindres Ardeurs,

POEME

Cette Bouche d'où fort Tant de Grace, & de Charmes;

Pars, il t'eft Ordonné de mettre bas les Armes.

Ta Rage a trop de fois, redoublé tes Efforts

Pour Ebranler fon Thrône ! Hâte-Toi, Monftre Sors;

Fui, mais, *Donc,* fur fes Traits ne Commets nul Ravage;

Sors ; le Ciel de tes Coups, veut qu'il tire Avantage.

LA Flamme de l'AVERNE Obéit à ces Mots.

Ce Monftre Executeur de l'Ordre d'ATROPOS,

Ce Venin redoutable, inftrument qu'elle EmploYe,

Pour mettre à fon Courroux tant de Graces en Proye,

Refpectant de LOUIS, & les Traits, & les Jours,

Dans fon Augufte Sang, Termine un trop Long Cours.

Cette Hoteffe Odieufe, Emiffaire des Parques,

Loin de Sceller fes Coups fur Lui, de triftes Marques;

De fon Commun Tribut Dérogeant à la Loi,

Ufe de Retenuë envers un fi Grand Roi,

Pour qui le Ciel fe rend Prodigue en Privileges.

Elle s'Abftient fur Lui, de Sillons Sacrileges ;

Dont un Seul pafferoit, fur tant d'Attraits, Refté,

Pour Crime à tous les yeux, de Leze-Majefté.

Sous

Sous le noir Tourbillon d'une Ardente Fumée,

D'imperceptibles Dards Elle fort toute Armée,

Du Chevet de fon Lit ; & s'élançant en l'air,

De Rage, Elle Etincelle, & Forme un fombre Eclair.

L'aveugle incendiaire à peine au loin, Serpente

Qu'en fon Evafion, au gré du Vent, Errante,

Dans foi-même, on l'Entend d'une confufe Voix,

Murmurer en ces mots, Serrons nôtre Carquois,

Je n'ai pû le Vider ; mes Fléches, ni ma Flamme

Dans un Cœur, n'ont Senti plus de Fermeté d'Ame.

Dans fes Veines, en vain, mon Poifon à grands Flots,

Cherchoit l'Homme, & n'a pu Trouver que le Héros.

Déja, je Rougiffois de ma Noire Entreprife ;

Tant de Tranquillité m'auroit fait Quitter Prife !

Dans cet Orage, à Voir fon Front auffi Serein,

On croiroit dans fes maux, qu'il porte un Cœur d'airain.

Qu'un Monarque fe rend digne du Diadéme,

Qui, jufqu'en fa Douleur, fe Maîtrife lui-même !

La MEGERE à l'inftant, dans un Nuage Epais,

Fuit, & jute à grand Bruit, de n'Attenter jamais.
Sur ce Prince audeſſus de toute humaine Crainte.

Triſte de n'avoir ſçû Laiſſer ſur Lui, d'Empreinte,
Incertaine en ſa Route, Elle cherche en Quels Lieux,
Elle iroit R'allumer ſon Feu Contagieux ?

Mais, en vain s'y Plaignant de ſa propre Défaite ;
Bientôt Elle ne Sçait dans ſa prompte Retraite,
De quels Côtés en l'air, ſe Dérober au Jour ;

Tandis ſur l'Horizon, qu'elle fait Tour ſur Tour,
Elle y Laiſſe en Fuyant, une Fumante Trace,
Qui Marque ſon Dépit, ſa Honte, & ſon Audace.
Mais ſon Venin Pouvant Corrompre encor les Airs,
Le Ciel la Précipite au Centre des Enfers.

A L'EUROPE s'écrie en ces Momens, La FRANCE,
LOUIS Vit, le Deſtin Remplit nôtre Eſperance.
Triomphons de l'Allarme, où Nous mit ce Heros,
Dont le Zéle Brûloit de Nous mettre en Repos.

PEUPLES, ne Verſés plus que des Larmes de Joye
Senſible à vos Soupirs, le Ciel vous le Renvoye.

En faveur de ſes Jours, les Dieux ont Decidé,
En les Raffermiſſant, ils m'ont tout Accordé.

Pour vous, Heureux Sujets dont le Cœur ne Reſpire
Que de Vivre ici bas ſous un ſi doux Empire,
Sur ce Prince à l'envi, Venés jetter les yeux,
Vous connoîtrés combien Vous êtes Chers aux Dieux.

Banniſſés vos Fraïeurs, & Marqués par des Fêtes,
Que pour vous, ſa Santé vaut plus que des Conquêtes;
En Préſervant LOUIS, de la Nuit du Trépas,
De quels grands Biens, le Ciel ne vous Comble-t'il pas?

Célebrés ce Bienfait, Source d'autres Miracles;
Et que du Sein des Eaux, cent Petillans Spectacles,
Portant aux Cieux, l'éclat de cet Heureux Retour,
Au milieu de la Nuit, Faſſent Luire le Jour.
Dans les Temples, Formés une douce Harmonie;
Qu'à vos Vœux, ſe Meſure une ſi belle Vie!
Puiſſe-t-Elle Durer plus que ſes Médaillons;
Meſlés vos Cris de joye à ceux des Bataillons;
Que les ſources de Vin, en Ruiſſeaux, en Fontaines,
Réjailliſſent dans l'Air, & Coulent dans les Plaines.

Du haut de vos Ramparts, sous un Ciel si Serein,
Annoncés ce Bonheur, par cent Bouches d'Airain.

Régnés VERTUS, Régnés à l'abri des Allarmes,
Et Benissés le Ciel d'avoir Seché vos Larmes.
LOUIS, dont vous Rendés le Régne si Goûté,
Met, par Tout ce qu'il Fait, le Vôtre en Sureté.

Filés pour Lui des Ans, qu'à peine on voit Atteindre,
PARQUES, & qu'il n'ait plus que sa Valeur à Craindre!
De vôtre plus noir Coup, Vous Menaciés ses Jours;
Mais, si vôtre Attentat Allarma tant de Cours,
C'est qu'au moindre Danger de l'Objet que l'on Aime,
L'Amour dans tous les Cœurs, cause une Crainte
Extrême.

AIMABLE PAIX, le Ciel se Prête à tes Besoins.
Mais, de Pleurs & de Vœux, il ne Vouloit pas Moins,
Pour te faire Sentir par ce qu'il Nous Redonne,
Qu'un tel Present est Cher à plus d'une Couronne.
Tandis que j'en Rendrai Graces aux seuls Autels,
Ses Vertus le mettront au Rang des Immortels.
Durés Jours Fortunés que le Ciel fait Renaître;

Ceux d'astre'e en ses Mœurs Semblent déja Paroître:

Que de l'Urne Fatale, où tous Noms sont écrits,

Ne Sorte encor d'un Siécle, un Nom d'un si grand Prix!

Cours au bout de la Terre, & Vole RENOMME'E

La Rassurer du Bruit qui l'avoit Allarmée;

Dis, qu'au gré de mes Vœux, le Ciel Prononce Arrêt;

Qu'à ses jours, les Vertus ont pris trop d'interêt.

Que l'Epreuve où le Ciel Mit ce Prince & la FRANCE,

N'a Servi qu'à Sonder Nos Cœurs, & sa Constance;

Et que sur son Péril, cent Peuples Attendris,

Montrent en Lui, Combien les Bons Rois sont Cheris!

Dis qu'on sent déja Tout ce qu'un jour il doit être!

Ma Gloire & ma Grandeur est d'avoir un tel Maître.

Peins son Cœur, & publie hautement dans les Airs,

Qu'il voudroit, s'il pouvoit rendre Heureux, l'Univers.

En vain BELLONNE Augure à son Goût pour la

    Chasse,

Que la FRANCE à son MARS, aussi bien que la THRACE:

Au Bien de ses Voisins, qu'il veut Pacifier,

Il immole l'Ardeur qu'il a pour le Laurier.

Dis-le touchant Plaifir qu'à le Voir chacun Goûte,

Qui s'accroit en Contant les Frayeurs qu'il me Coûte.

Va, Déeffe à cent Voix, Appren de toutes parts,

Que ma Félicité ne Court plus de Hazards,

Que, du Parfait Repos que LOUIS Nous Affure,

Les Fruits Pafferont même à la Race Future;

Que, l'Europe a pris Part à ma Jufte Douleur,

Et que le Monde Entier doit Sentir ce Bonheur.

Mais dis qu'il ne Tient point fon Salut d'Esculape;

Que c'eft fur les Mortels, la même Main qui Frappe,

Qui fans autre Secours † ici bas l'a Guérit,

Et ne voulut pour Moi, que Tant d'Efpoir Périt.

Dis plus; Qu'à fa Santé cet Affaut Salutaire

Ne Laiffe plus aux Lys, que ce Vœu Seul à Faire,

De voir Naître un DAUPHIN, de fon Cœur, Héritier,

Et qui pour Moi, Préfere aux Palmes, l'Olivier.

Déja de fon Beau Sang, les Trois Graces Sorties,

Et de fes Mêmes Traits à nos yeux * Afforties,

Annoncent que l'Amour en Vrai *Frere, à fes Sœurs,*

De l'Aineffe a Voulu Déferer les Honneurs.

† *Les Médecins n'ont point jugé à propos de faire des Ordonnances dans le Cours de fa Maladie.*   * MESDAMES DE FRANCE.

Aidé de tes Conseils, Ministre infatigable, †

Dont le Zele à jamais, Rend le Nom Mémorable,

LOUIS Fruit de tes Soins, si Désinteressés

Nous fera bientôt Voir, tous nos Vœux Surpassés.

Tu le Mis au Chemin qui Conduit à la Gloire;

Il sçait déja s'Ouvrir le Temple de Mémoire.

Sa Prudence, son Cœur, son Zele pour la Paix,

Font déja ce qu'il Faut pour ne Mourir jamais.

Pour Vous, au Double Mont, quels Doux Chants

    Doctes Fées,

Sa Santé vous Fournit ! Aprêtés vos Trophées;

Et Portés jusqu'aux Cieux, vos Voix pour le Héros,

Qui déja de l'EUROPE, Affermit le Repos.

† *S. E. M. le Cardinal de Fleury.*

F I N.

APPROBATION.

JE soussigné, Me. és Arts en l'Université de Paris, ai lû par ordre de M. le Lieutenant General de Police, des Vers François, intitulez: *Les Vœux de l'Europe*

& de la France pour la Santé du Roi, dont on peut permet-
tre l'Impression. A Paris ce neuviéme Fevrier mil sept
cens vingt-neuf. *Signé*, PASSART.

*Veu l'Approbation, permis d'Imprimer le dixiéme Fevrier
mil sept cens vingt-neuf.* HERAULT.

*Régistré sur le Livre de la Communauté des Imprimeurs & Libraires de Paris,
No. 1815. conformément aux Réglemens, & notament à l'Arrêt de la Cour
du Parlement du trois Decembre 1705. A Paris le 2 Avril 1729.* COIGNARD
Syndic.

www.ingramcontent.com/pod-product-compliance
Lightning Source LLC
LaVergne TN
LVHW022336170726
843503LV00008B/3383